アスパラと潮騒

塚田千束

短歌研究社

目次

I

アスパラと潮騒

装画　中島梨絵
装丁　加藤愛子（オフィスキントン）

I

目蓋なき瞳

目蓋なき瞳が我の内にあり生き抜くことを急かして止まぬ

ファミリーポートレイト

信号が次々変わりとめどなく生きる速さを定める目がある

我のこと何ひとつ知らぬひとと居てつむじきりりと立つ診察室

硬すぎる襟をわずかに崩す昼　白衣しらじらしく肩にかけ

食べ物と消毒液の混ざりあう生の匂いに溢れる病棟

術着《スクラブ》のざらざらとして肌を刺し生の摩擦になぶられて立つ

自然には医術はなくて雨音のように薬が落下してゆく

分かり合うことの幻想胸に抱き指輪を奥に仕舞い込みたり

ひんやりと根本覆われ白樺はなにを隠して佇むのだろう

豆を噛むひっそりと噛む真夜中に違う命が芽吹くキッチン

クロッカスその両親《ふたおや》を知らずとも睦まじく咲く道に花壇に

白鳥が雪をしずかに食む音の（ちがうとしても）畑に満ちて

掛布団ひっぱりあって冬の朝　一番近き他人と暮らす

清潔な感情として熟れすぎた洋梨の香から目を背けたり

母を疎めば母に疎まれコンビニのインスタントな灯り美し

踏み込まず金額だけを告げるレジお金のやりとりだけの明るさ

虐待のニュースに母の名は見えずそこに私の名があるような

たましいのこぼれ落ちたる顔をして吾子はしずかに我を離れぬ

見上げればば湖面のごとく見下ろされ二匹のサルの学名難し

ばっさりと切り落としたい新しい美容室へと飛び込むように

すりへった靴底鳴らし夕暮れを歩く身体に金魚を棲ませ

指しゃぶりやめない吾子のつむじからふっくら土と雨と春の香

桜あん口にあまくてほろほろと生きる速さをたしなめられる

新しいブラウス胸に明るくて身体だけでも春に押しだす

作り物でしかない窓の灯りにてファミリーポートレイト柔らか

さくらさくら白くふくらみゆく春の夜にまぎれて手紙をひらく

私たち寄り添い弾き合いながら鬱陶しくも光っているよ

冬の車窓

白と黒　錆の赤茶が行き交って冬の車窓はいつも静かだ

異国語が耳を飛び交う構内でどこにも行かぬキヨスク明るい

正確に伝えることにどれほどの価値があるのか雪は積もって

ご心配なくすべて手の内ですと手品師・詐欺師・医師の類よ

作為なきものが正しいのだとして医療は美しいものですか

発熱の子に寄り添えばほつほつと命は沸き立つ鍋の湯豆腐

雲も雪も区別はなくて地平線わからなくなる二月はこわい

占冠《しむかっぷ》・比布《ぴっぷ》・和寒《わっさむ》・音威子府《おといねっぷ》　かわいい響きだから降りたい

誰からも呼びとめられぬ地の果ての空気を吸いたい土を踏みたい

例えば、と言い差したまま別れきて二度と出さざる手紙もあって

また次も笑って会いたいかさついた指を何度も確かめている

ヒポクラテスの後の二千年

アイスクリーム舌にざらりと溶けてゆき夏は衿足短き季節

建前がなくては違法行為だとヒポクラテスの後の二千年

のけぞった首筋に触れる恋人でも親でもないのに触れてしまえる

ためらわず首をさらして　いつだって加害者にしかなれぬのだろう

死にづらき世の中と思うあじさいは枯れたら首を切り落とすまで

子を産みて母となるなら一切の望みを捨てよ、　みたいに吹く風

うすき皮剝き終え葡萄の実はあおく秋風のなかすきとおりゆく

弱者にも強者にもなるベビーカー押して歩めば秋桜震え

日常がゆらぐ

優しきは触れなば光るものたちでたとえばスマホ、冷蔵庫など

信号がつかない日もありしんしんと土地が揺れるとひび割れて日常

のんびりと生きてきたツケ　浴槽に水を貯めゆくとりあえず水を

スーパーに心構えもなく入り熱気に圧倒されて帰る日

自動ドアが手動になって朗らかに送り出される保育園から

呆気なく日々は修復されてゆく見えぬところで置き去りの傷

どれくらい舐めれば致死量なのだろうのどあめ寂しく舌を傷つけ

納豆の棚だけがらんと明るくて明るいままの店内放送

世界を脱いで

「先生も元気？」と聞かれ電話越し微笑む診察室にひとりで

つけるたびN95顎を擦りうすく削られゆく自意識だ

マスク・ガウン・アイシールドと輪郭を覆い心よ勇敢であれ

三密を知らぬ土筆に吹く風よ人の世ばかり騒がしき日々

丁寧に世界を脱いで指先から芯をうしないゆく手袋よ

レジ打ちの手袋　消毒済みのカゴ　手渡ししないおつりきらきら

ぺしゃんこの布団ひきあげこの夜を守る仲間の顔をかぞえる

コロナ禍にカタツムリ一匹佇んで我も何かに包まれたき夜

春のぶらんこ

くるぶしを素水にさらしはりつめた距離をたもって四月を閉じた

もう二度となににもならぬとかたくなに心閉ざした紙粘土たち

母乳でしょうと言われるたびにすり減ってついに踵が地獄に触れる

削ぐほどに冷たく光りゆく朝の表情はつと消えてゆくけど

四月尽咲いて散るだけの一生と思いこまれてうつむく桜

感染者数のふくらむ北国の春にあまねく吊るすぶらんこ

ふたりぶんお湯に沈めばふたりぶん水があふれてこの世は狭い

日照雨だね　水たまり揺れ吾子の手はいつも湿ってするりと逃げる

アルコール消毒指を踏み荒らす弱い部分がいちばんさびしい

コンビニで〈一日分の鉄分〉をおそれずつかむ春を始める

食卓に花を選んでゆく日々に泥のようにも君は眠って

ちいさな影

秋の陽はシンクに流れわたくしの茄子はちいさく影を失う

見開きし眼すら奪われあかあかと切り身の鮭はほぐされている

鍋の湯に哺乳瓶ふるう　夜は淵　世界の縁をつまみあげる箸

叩きつけるほどやわらかくなるという人間ならばねをあげるだろう

それぞれの父母をもちたるスーパーの秋刀魚いずれも似ていて怖い

薄皮を剝がすおまえの指先も闇をはらむと色づくぶどう

泣きやまぬ子を抱いているグラスひとつこんなにも結露させてしまった

揺れながら揺らされているような子を包む腕あれ心あれ、あれよ

手袋を脱いだ君の手見たことのない生き物として蠢いている

子を抱いて歩みし日々のほろほろとほろびはじめた足の裏見ゆ

すきなものなんでもお食べ波打ち際あふれぬままにかかとを濡らす

住宅のひとつひとつに窓がありきっちり詰められ家族のあかり

八幡坂振りむく君の顔遠く月日はひとを幼くさせる

食卓に各々伏せた目蓋あり同じスープで満ちた身体だ

雪庇せりだす

耳の奥きんと冷えゆくバス停に届かぬ手紙を恋うように立つ

窓枠は利口なむすめ行儀よく口を閉ざして微笑む二月

内側を濡らさずあるく少女たちみなうつくしきこぶしをもてり

リボン解くそのたび魔法が溢れだすからだを憎むほどのさびしさ

我という容れ物まぶたをこじあけてこじあけられて冬の雨降る

屋上は胸すかすかとはためいてだれにも会えぬ日々やわらかい

女にはわからぬと笑む松の幹　ひとりひとりの雪庇せりだす

雨は雪にしなだれかかり晩冬の屋根を洗って　言葉では無理

Ⅱ

窓も天命

われらみなさびしき島だ名を知らずたがいにひとみの灯をゆらしつつ

先生と呼ばれるたびに錆びついた胸に一枚白衣を羽織る

階下からコーヒーの匂いさびしくて結露激しき窓も天命

遠き空よぎる鳥みなうつくしく輪郭だけはただしく生きよ

ホーローの容器に蒸し鶏ねむらせて死とはだれかをよこたえること

夜のにおいまとわせコインランドリーはるかな墓標としてまばゆく

受け入れるからだを誰が与えたか耳の奥　ざんざん　タチアオイ

内側を縁取るようにぶどうというふくらみつづける闇を呑みこむ

目を狙う　ボールペンでも鍵でもよい夜道を歩きながら反芻

言い返せず紫陽花喉にはちきれて泣く固まりとなる我ひとつ

摑み取るものほかすべて捨ててゆく灯台暗い水面をなでて

傘を折るめちゃくちゃに折るずぶぬれの君のとなりをあるく理由を

なす割れば赤きいたみをさらしおりこの手に負えぬものばかりあり

いつか産むかもしれぬ子の泣き声をあまたひびかせ産科病棟

吐く息の重さを信じぬ君だけに降りつもる雪、ため息、結露

雪からは火葬場として見られゆくぽつりぽつりとひとびとあゆむ

ぽっかりと小さき口を仰向かせこなぐすり待つ吾子の顔

ステートとPHS《ピッチ》が首にからまって身動きできないわが影揺れる

来世には遺跡の様によこたわりだれかに見つけてもらうのが夢

クロワッサンばさばさたべて白衣からうろこを落とすよう立ち上がる

煙草ひとつわけてもらえばこの春の行く先揺れる煙あかるく

アスパラと潮騒

はつなつにまよわずつかむアスパラの銃口いずれもわたしを向いて

何度でも会えてよかった夏薔薇に水をたっぷりこぼすまひるま

どの予後もあなたではなくどの夏も君には触れず　びわ忌と呼ぶよ

誰ひとり死なない昼もあるようなアスパラを湯に放てば潮騒

生活はドーナツみたいにふくらんで、　ゆるみ結合してゆくまひる

あたらしい銀歯窮屈そうな顔　みんなそうしてなじんでいくね

目覚めても昇り続ける階段があってひとりの荷物が重い

会いたいと言えばそれまで健全なビールの泡に救われている

励起光貫きほどける夏の日に心を仕分けしはじめる指

手をほどくことのさびしき晩夏だと花火の匂い濃くただよって

滑り止めつき靴下に守られてあまねく乳児穏やかであれ

すきとおる白衣

ソリリスをユルトミリスへ変えるときギリシャ神話のひかりかすかに

飛行機雲すーっと消えゆくよう我はすこしうつむき退勤処理を

五人分食糧買って気が狂う腕ぶら下げて横断歩道

「時短です」というとき若干すきとおる私の白衣は軽くてもろい

ホルンなら抱いてみたいなわたくしの指紋だらけのホルンであれば

きらめかず傷つきやすき肌をもち鱗に生んであげたらよかった

メスの刃は砥がずに捨てる夏にとってあなたはいつも一度きりだね

泣かずとも私は私に沿うだろう花瓶にたっぷり水をそそいで

こんなことくらいどうってことないわ　顔が捩れるほど出る涙

花柄の傘を選んだ瞬間はひどくあかるいいきものだった

ヒヤシンス一塊のなかにも幼き花鋭き花がすました顔で

常勤とならべば半透明の我　通園バッグが首にからまる

インスタの世界まばゆく人生を味わう虫歯をごしごし磨く

故郷もたぬわれらみなしご転校生幾度も転生して生き延びて

バラの花と呼ぶとき数多瞬いて薔薇の子供が騒ぎ始める

家出するように身体を脱ぎ捨てて母も娘も妻も飽きたね

わたくしになりすましてよ雪に降る雨はきらいだ一生きらい

燃えながら生きている肺こころよりからだはあかるく火照りつづける

身体から脱出できずひからびるやどかりみたいな少女のこころ

春の夜ののどぼとけ白くこの人を愛したり蔑んだりがとおい

PHS《ピッチ》ひとつポケットにさし分別をするならひともかみも燃えるが

歩くたび沈みこむ足いままでのわたしが全部幽霊みたい

スタッキング得意に生きて生き延びて手段としての命みなぎる

夏至を終え

脱ぎ捨てたシャツに私のたましいがうすく残って縮みゆく自我

もう二度と目覚めないかもしれぬ子と添い寝するとき良い魔女となる

背もたれも手すりもない椅子ひんやりと秋の空気をわずかに支え

クリーニング済みの白衣をかき分けて泳げなくとも息継ぎの真似

あらっても洗っても砂がこぼれだす子を産む前の我を見失う

くるぶしの裡にも鼓動があることの　球根さらしたヒヤシンスたち

欄干の鳩はたがいに顔背け幸せを追いかければぬかるむ

想い出ににおいはいらぬ夏至を終え私の人生あとどのくらい

はやくはやく洞になりたいナナカマドそんなにほそい手足で立って

まっとうな人生ばかり食べてきた貘よ私の傍でおやすみ

シュークリーム空っぽだからうれしくて（マタニティマークを裏返し）行く

本物の花は死なない

のどぼとけあらば世界は変わったか　awakening　花嵐起つ

本物の花は死なないまた春がくるたび名前を想い出すから

たましいをこの世においておくためにしゃぶりつづける親指だった

途方もなく未来のことを託される前売り券が重たくて春

ライフルのかわりにあまたチューリップ抱けば　ここが最前線よ

さくらさくら　つよくなりたいほんとうはつよくなくてもいいとしりたい

あたらしいコートを買ってまたひとつ季節めぐらすきらめく浪費

土の中くさってしまう球根をほりかえす手だ見ぬふりするな

春の遺跡

この春も見送るばかりすこしずつ厚みを増してゆく皮膚たちよ

死ぬ星を幾度も眺め生きる星を幾度も眺め車窓はつづく

眼窩という窓枠なぞる指のはら　ふちをのぞけば遭難しそう

とろとろと列車に揺られ運ばれるように生きたい迷子になりたい

汽車を待つ夜のあわいにぽっかりとはなみずき立つ灯台が立つ

ここもいつか遺跡なのかな剝き出しの骨のびやかな駅の構内

生きるとは見上げることで午前二時すれ違う人のない道をゆく

ひとりでは死ねないこぼれだすようにほどけるように百合はひらいて

Spring has come　モールス信号をきらきらかざし雪解けの川

ほんとうは戦いたかった春雷にまけないようにさけびたかった

一斉に噴き出すふきのとうたちの熱ではじける斜面に惑う

地動説はがれおちそううす青い羽を広げて蜻蛉とびかう

まだすこし眠りすぎてる泥になるどの地獄でもつま先立ちで

抱卵の姿勢で生きる丸まった背中をなでるあまた星の子

ばたあしで生きる

外へ外へひらいてダリヤあっけなくこぼれおちたる我を忘れる

くり返す声がだんだん遠のいて焦点ぶれたむなしさ抱いて

怒ってるもう冷めているもて余す尖った指のやり場がなくて

ふりあげた手が何本もふつふつと胸の奥にてそよぐ夏の日

ワーキングマザーとくくられ深々と手に食い込んだ買い物袋

ばたあしで生きる　うかばず沈まずにただよう夜のそこは静かだ

叱るたび磨り減ってゆく靴底が私の足を鈍らせてゆく

愛を先送り出来たらいいのにな　いつかの指をつかんでほしい

Ⅲ

額縁になる

みな誰の声をしるべに生きている氷雨しずかにつま先濡らし

顔ひとつつけかえるよう冷え切った白衣にしんと袖をとおして

本当は触れた人しかわからないなにもいえないすごい雪だよ

冷蔵庫　腐り落ちないよういまの私をつめこみ扉をしめた

ひとつずつ薪のように火にくべて爆ぜて消えゆく旧姓たちだ

ふれあいが情報になる内側につめたき瞳を抱いて回診

ひとりの生、ひとりの死までの道のりをカルテに記せばはるけき雪原

来世には額縁になるやさしくてうつくしいものだけを映すよ

迎えに来てね

しあわせにくらしましたと書いてある絵本閉じつつあなたを思う

咲きながら枯れてゆくのだプラタナス歩道にせり出しあわあわと揺れ

かなしみはお湯に溶け出しつまさきがふやけたころに迎えに来るひと

わたしから私が離陸するような　色を無くした空も親しく

生活がふくらんでいくゆるやかに寄せては返すきみとの暮らし

真夜中に「おふたりさま」で通されるファミレスの奥のシートまばゆく

モノクロの絵本をめくるもういない作家のことばを何度もなでる

春になれば黄緑色の服を着てあなたをもっと抱きしめにいく

鱗に降る雨

人間などやめてしまえよ　雨は降る　錆は浮いても死なぬブランコ

傘持たぬきみと私の肩並び　優しい言葉など飽いている

明太子たっぷり入れて巻き始めこの世の春の色した卵

まだ早い花火をぜんぶもちだして夜更けかけおちじみて川辺へ

感情を問うと鱗は剝がれ落ち傷つくための肌で生まれた

同じ名であっても声が目が軋む春には春のやり方がある

私たち何度も出会い別れそして流しの下の骨を見に行く

藤の花惜しむことなくあふれ出す忘れてしまえば私のものだ

逆鱗をさらして眠る人をやや憎みて夜のあまりに長く

雨の匂い土の匂いを慈しむ顔を私に見せないお前

さそりの火ではない去年の花火たち消えても目蓋の裏がまぶしい

やさしき火事

薄荷ひとつすぅと消えゆく舌先に初夏に出会ったひとを忘れる

ささくれを剝がしてしまう二十歳より先は映画のエンドロールだ

透明になりゆくこころ秋空は見上げるほどに高くなりゆく

夏に会えば夏を愛して咲く君の名を知らぬまま立つ夕まぐれ

夕焼けはやさしき火事で目を閉じた奥にも見えるほんとうにある

どのセンサーも鈍くて　手のひらに小雨　さらさらウイルスの悲鳴

検温をしずかにうけて額からゆるされている秋のユニクロ

近づけば近づくほどにほの暗く触れられないものばかり明るい

キッチンで寝る

この朝のページをめくる指先で私に触れるおさなごたちよ

たっぷりと淹れたコーヒー満たされてはじめてやさしくなれる糸杉

子を産みてされど世界はひややかでおぼつかなき手かざして生きよ

冷蔵庫からっぽにしてひそやかな幸福あふれおもたきまぶた

わたしたち胸にみなしご住まわせて悲しい時にはおなかがすくよ

さくらばなひらけばおなじかおをして前線届く函館のふち

雪融けの水をあつめて川はゆくきらめきながら鱗のように

あざやかな羽をしずかに零しつつ孔雀おまえは誰を愛すか

雲影が壁を伝って去ってゆく平たい心で生きてゆけぬか

もう二度と立ち上がれなくなりそうで立ったまま飲むお味噌汁とか

吾子を抱きひとりふたりと連なって後ろに抜け殻おちている部屋

テーブルはいつもしずかに佇んでそうだねわたしもキッチンで寝る

野ばら咲く

燃えながら咲くわたしたち何度でも春はくるから目を閉じないで

どの窓も裡からひかる片手だけてぶくろをしたこぎつねになる

死んだから神になるのに生きているひとをよすがにあるいてしまう

わたくしを踏み荒らしてよ野ばら咲くだれの胸にも野ばらは咲いて

葉のふちを小雨がつつみ震えながらひかりをこぼしながら蜜蜂

雲の影落ちた場所だけ色濃くて誰かの吐いた息を吸う日々

あといくつ春をやりすごせたのなら出会う前から迷子だったね

切るたびに野生はひとつ遠ざかり爪にやすりをおとす夕暮れ

大根のうすしろき肌ひんやりと眠れどいきをするたび、くもる

I pray for you 雪はとけきれず再び凍るいびつな肌で

街灯はしずかにひらく夏至の夜ひとりでいきてきた顔をして

うまれかわったらやさしくいきる草花の名前すべて覚える

はなびらをひろい集めて花とするようにいびつな人体模型

ブランコを外され枠組みだけで立つ春になるまで手をふっている

家族のあかり

あなたから見える私のなにひとつ許せず坂をくだれば夕日

海で死ぬひとのはなしを聴きながら畳んだ洗濯ものに潮の香

田舎ってみんなふくらむ輪郭がみんな似ているお前も似てくる

なまりなく話す転校生ひとりまぶしいなどこにいたってまぶしい

廃線も観光名所　かわいいね　どこにも行かぬどこにも着かぬ

ステンシルみたいな山の端　故郷とはまばらに視界を覆いゆく腕

なにもかも潮で錆びつく町にいて自転車を漕ぐ無茶苦茶に漕ぐ

ともだちの家の匂いにくらくらとミニチュアみたいな家族のあかり

辛夷咲く咲くというより開く花　裡をさらして土砂降りに泣く

まなざしが己を燃やすよう生きる火村英生というひとつの火

花には花の散り方があり生きながら死にゆくことを花はかくさぬ

巻き込んでよ

あの夏の京都の橋の多いことめまいのように思い出してる

夜に浮かぶ新宿都庁ひかりまみれ写真に撮ってもひかりまみれで

写メうまく撮らさらないよ　まぶしいよ　黒瀬珂瀾を知らないひとと

ほろほろとネジが緩んでゆくように会えない日々の花びらが散る

くせのある黒髪夜に梳きながらおまえに言えぬ指先だった

手のひらになじむ頭をなでている　わたしにたりないすべてをあげる

踏み締めるほどにあやうくなる路面　手をつかむ運命に巻き込まれる

前髪がのびすぎているだれもかれも俯き口を失い歩く

Ⅳ

つめたき獣

土砂降りにおのれの背骨だけで立つあなたに傘も祈りもいらぬ

何度でも突き落としてくれ春雷に居場所がなくてふるえる臓器

この冬の一度きりしかない君と我の間に降るゆきつぶて

ティーカップはげしく割れてあなたからこの世のすべてを奪い取りたい

傷つけるために傷つくひとみにはみえぬあまたの爪痕ひかり

いまゆめのつづきに果てて霧雨に芯から冷えるゆうべの記憶

うつくしい心臓として錆びついた歯車をそこにはめこんでみる

青白き喉にきれいな石ひとつ飾ってみたい　目印だから

調べという強さあなたの鋭さの正しいかたちになれずに泣いた

骨盤のとがりは柱　するどさに帆をはるようにほの白き皮膚

かみさま、と心の中で呼ぶたびにまたひとつ糸がほつれる音が

月光に冷えてゆく頰　亡霊になれたらたぶんずっとここにいる

雄弁はステンドグラスは双眸はくだけるときがほんとうにきれい

いつの間につないだのだろう君の手に驟雨はげしく打ち響かせて

冬空のほのあかるさを口にしてつめたき夜のつめたき獣

襟巻きのすそはためかせいっせいにわれらみなしごとびだしてゆく

来世がないなら見限ってくれ

通り雨　いつかの不在を知りながら君と過ごした一夏だった

予知夢だよ私はあなたになれぬこと腕を広げて堤防あるく

イヤフォンで世界をふさぐ横顔に傷をつけたい気がする　深爪

適当な名前を呼ばれ猫の子よ命を運ぶから運命という

緞帳の上がる間際のきらめきをひとりが立てばそのほかは死だ

誰が死んでも私は死なないからあなたの夢を見果てて海へ

触れてみてたしかめてみてよほんとうに生きているならぬかるみの箱

錆びついた拳をまぶたに押しあてて望めばなんにでもなれたのに

だとしても夏はかたちを変えてゆく　来世がないなら見限ってくれ

彫り出した感情のようこんなにもだれかを惜しむ息苦しさに

いつまでも安心させないままでいてあかりをこぼすための暗がり

すべてに顔がある

降る雪のすべてに顔があるのなら白衣からはらいおとす顔、かお

ふっくらと冬空を雲が流れゆく寂しいときはおなかがすくね

傷を重ね道路はさらに磨かれて葬儀場までのワゴン車はゆく

かじかんだ孤独はそのまま置いてゆく雪のわだちを踏みしめる朝

ふりつもる雪原のよう駐車場にぽかんと車の佇んでいて

世界から私を守るのは私　リップクリーム買って帰るね

傘をさす雪のあかるき午後があり傘の数だけ孤独があゆむ

勝ちに行く　踵の雪を蹴り落とし冬に生まれたたましいだから

忘れないことを忘れるストーブのしんしん燃えてせまき茶の間の

いつかいつか手を振るのだろうベッド越し患者も父も母もパトロネ

立春にまぶしいばかりこの土地に季節を忘れるために棲みつく

真夜中のコールに目ざめ現実がしがみついてくるこどもの手をして

ゆっくりと頭をあげるこの先はわたくしの手のとどかぬ領域

ほんとうはできることなどかぎられて　みんなわたしの前を過ぎゆく

傷ついた石

大きすぎる皿を一枚買い求めいいのわたしのすべてになって
がらくたのいしだとしても生命線ごとあげるきみを神さまにする

くるぶしを波に洗わせいつか死ぬことを手放すための手花火

終幕の後に生きるという無様この夜を目蓋を縫い綴じねむる

死後のことつつしみのこと花のこと低くささやくあなたの声と

花びらを指でむしってひとつずつ季節を弔うための眼裏

そのまぶたやさしくおして宝石も螺鈿も足りぬ輝きを綴じ

長い雨とおざかりゆく部室にて毛布を被ればすべてまぼろし

爪やすりやさしくあてる君のことをひとつずつ損なうための夜

イヤリングおもたく耳にきらめいてみがけるものならなんでも磨く

手の中に書き留めておくひとつひとついつかなぐってやるための春

吠えられる予感を胸に息を止め走り抜けなきゃない場所がある

コットンを頬におしあてひたひたと満たされていく二十歳のこころ

手をつなぐことはやさしき模倣だと　一周回ってまた真似をする

内側に命をかかえあといくつ捨てれば鳥になれたのだろう

きっときっと長生きしてねとかげたち永遠に生きるような眼差し

月の光浴びすぎている憎しみにまみれたあなたのするどき額

もっとずっとそばにいさせて火あぶりにされてる心みせてあげるよ

前髪をつまんで切ってなにひとつ捨てきれないからはだしで歩く

花だから何も言えないわたしたち見られるという正義ねじこむ

ひらかれた胸にもあまた雨粒をあつめてあらいながして自我を

たくされたことばたましい輪郭のない約束をかかえられない

雨上がり夏のゆうぐれ手をつなぐかわりにかばんをぶつけてあるく

傷ついたたびにひかりがきらめいてそんな石など捨てておしまい

破滅することすらできずキッチンにもたれて米を研いで寝る夜

ママが泣いちゃうからねと添い寝され川底ねむる小石みたいだ

めくれあがるね

ふれられぬ手首の骨を垣間見る晩夏　ひまわり枯れながら立ち

まひるまに花火の匂い顔を寄せ夏は滅びの季節というね

たぶん腐る　夏のにおいをふりきってこんなに両目がひからびていく

みずからに口づけるよう水面にそっとうつむき白熊の子は

噴水に指をさしいれこの世から生まれるときを思い出せそう

とおくまで行けるだろうかバス停の行き先表示するひかりたち

紙飛行機まっさかさまにおちるときどこからくだけていくの心は

夏にしかない匂いとか角度とか探しつづけるふりをしている

同属の居らぬツチブタ目を閉じて夢の中でも誰にも会えぬ

選び取るオールドファッションあいされた記憶はふいにめくれあがるね

もう夏が終わって久しいひんやりと顔からうまれゆくさかなたち

そして骨になりゆく花だベッドから垂れた素足はしらじらひかり

あとがき

ボールを投げ続けている。どこまで飛ぶのか、誰かに届くのか、うけとめて投げ返してもらえるのか、わからないけれど私は投げ続けるのだろう。だれに頼まれるでもなく、だれに求められるでもなく、ただ自分のボールを、生涯かけて。

島田修三先生をはじめ、日々の詠草を見守り、ともに歌に励んでくださる「まひる野」の皆さま、北海道支部歌会で出会った皆さま、ヘペレの会や「ランデヴー」の活動を共にしてくれる仲間たち。短歌研究新人賞選考委員である栗木京子様、米川千嘉子様、加藤治郎様、斉藤斎藤様。制作にあたり多くのご助言をくださりました國兼秀二様、水野佐八香様、装丁を担当してくださった加藤愛子様、装画をおひきうけくださった中島梨絵様、ここにすべて記すことはできませんが本当に多くの方々の多大なるご助力によりこの一冊ができあがりました。ありがとうございます。
そしてこの本を手に取ってくださったあなたに、感謝をこめて。

二〇二三年三月

塚田千束

略歴

1987年　北海道に生まれる

2016年　短歌結社「まひる野」入会

2019年　第64回まひる野賞受賞

2021年　第64回短歌研究新人賞受賞

まひる野会、ヘペレの会、ランデヴー　所属

まひる野叢書第四〇二篇

二〇二三年　七月　七日　印刷発行

歌集
アスパラと潮《しお》騒《さい》

著　者　塚《つか》田《だ》千《ち》束《づか》

発行者　國兼秀二

発行所　短歌研究社

郵便番号一一二―〇〇一三
東京都文京区音羽一―一七―一四　音羽YKビル
電　話〇三（三九四四）四八二二・四八三三
振　替〇〇一九〇―九―二四三七五番

印刷・製本　モリモト印刷株式会社

ISBN 978-4-86272-739-8 C0092